KB080099

바다로 가자

최영희시집

바다로 가자

초판 1쇄 인쇄 2022년 11월   5 일
초판 1쇄 발행 2022년 11월 10 일

지은이/최영희
펴낸곳/도서출판 우인북스
등록번호/385-2008-00019
등록일자/2008년 7월 13일
주소/안양시 동안구 시민대로 272, 1305호
전화/031-384-9552
팩스/031-385-9552
E-mail/bb2jj@hanmail.net

ⓒ 최영희 2022
ISBN 979-11-86563-30-4
값 9,000 원

이 책은 경기도, 경기문화재단의 후원을 받아 발간되었습니다.

최영희 시집

바다로 가자

우인북스

| 차 례 |

제1부

제 2 부

제 3 부

제 4 부

제 5 부

제1부

대추나무 옆에서 1

봄이 오면 라일락은
꽃보다 먼저 향기로웠다

포도 넝쿨에 새순이 나고
등나무 꽃이 주렁주렁 내리도록
고추 모종이 뿌리를 내리고
하얗게 꽃이 필 때에도
대추나무는 잠잠히
가느다란 가지가 애처로웠다

그러던 어느 날
꽃보다 먼저 대추를 보았다

참 늦게 철드는 대추나무
비로소 잎이 나서 반짝이더니
반짝이는 잎새 사이로
알알이
푸른 대추가 여물고 있었다

대추나무의 봄은 그렇게
지나가 버리고

아마도
인생의 어느 계절 또한
그렇게 지나가고 있었을 것이다
잎이 피는 것도
꽃이 피고 지는 것도 모른 채

철들지 않아서 애처롭던
가느다란 가지와
가시만
아직 내 안에 살아있다.

여름 목련

꽃이 먼저라 하여 누가 탓을 했을까
스스로 물러선 한 걸음
저 푸른 잎사귀 위에 떠받쳐 피는구나

푸른 계절에 피어 봄꽃보다 화려하다

자줏빛 봉오리 입술 다문 여인같이
말없이도 다소곳이 길손을 맞이한다

바다가 내다보이는 마루 끝에 앉으며
갈매기 울음소리에 갈 길도 잊은 채

그런저런 이야기 섬* 섬이 풀어놓고
귀 기울여
네 자줏빛 말문을 열어주고 싶다.

＊ 섬 : 짚으로 만들어 곡식을 담는데 쓰임.

시계탑이 보이는 창가

창가
시계탑처럼 네가 서 있다
거대한 모래시계처럼

모래알같이
너에게 남은 소중한 시간이
흘러가는 소리 내 가슴에 쌓이는 듯

나는 이 시간을 퍼 올릴 도르래를
시계탑보다 높이 달아야 하리라

너랑
아버지의 방앗간에서 보았던
벨트에 달린 바가지가 곡식을 끌어올리던
제분기의 기둥처럼

시계탑보다 높은 기둥을 세우고
도르래를 걸어
퍼 올린 시간을 너에게
다시 채우고 채워야 한다.

서리 내린 밤 그 가을 아침 햇빛

서리 맞은 칡넝쿨이
가을 햇살 아래 젖어서
처절하게
등 굽은 생을 드러내 놓고

좁은 산길로 드는 내 마음에
웅크리는 덤불 하나
애처로이
저 칡넝쿨처럼
굽은 등줄기 무겁다

서리 맞은 밤 그 가을 아침 햇빛.

길 하나

시청역에 내려
미술관 가는 길
제자리를 지켜온 품이 넓은 나무
고궁 담장을 끼고
아기가 엄마 손잡고 걸어가는
찻길보다 넓은 사람의 길이 있다

입하가 지난 오월
모란이 피는 계절이 도란도란
쉬어가고
사람이 사람답게 걸어가는
사람의 길.

길 둘

들판을 지나는
왕복 이차선 포장도로
과속으로 달리는 찻길 옆에도
아이들이 걸어가는 길이 있었다면

신발의 흙을 털었던
발에 익은 돌부리 채며
장에 가느라 걷고
책가방 무겁게 학교 가느라
발이 아프도록
걸었던 풀밭 같은 신작로
그냥 있었더라면…

반가운 사람들이 만났기에
걸어서 가고
할 이야기 남아서
가로등 없이도
두런두런 걸어서 오던 길 그대로

엿장수가 가위를 치며
저 마을로 가고

종이 장수 문종이 지고
이 마을로 오던 마을 길 그대로

그냥 있었더라면 차라리.

자작나무 숲을 지나서

　점점 높은 곳으로 가고 있다. 끝이 보이지 않는 자작나무 숲 밑동 사이로 하얀 숲속 아무도 가지 않은 길이 보인다. 하얀 숲이 끝나는 곳까지 마냥 걸어 들어가 알 수 없는 저 먼 길의 끝에 닿아도 보고 시인 헤세의 정원에서 시로나 읽었던 하얀 자작나무가 여기 무한히 숲이 되어 살아있다고 외치고 싶다. 저 길을 한껏 걸어 보고 싶다. 이곳을 지나면 다시는 볼 수 없을 거라는 생각에 아쉽고 그리운 마음 안개비에 젖어서 백두산을 헤맨다. 백두산 호랑이는 동물원에 오기 전 이 넓은 숲에서 자유롭게 살았으리라. 어미의 보호를 받던 시절도 있었을 텐데⋯ 먼빛으로 행여 흰 호랑이인가 하고 창밖에 펼쳐지는 자작나무 숲을 보며 생각에 잠긴다. 옆자리에 앉은 짝은 한센병을 앓아 주먹손이 된 손으로 작은 과자봉지를 열심히 뜯어서 내게도 과자를 권한다. 겨울 빨래터에서 돌아온 시린 손같이 손이 곱아 보인다. 과자를 받으며 손을 내미는 내 다섯 손가락이 왠지 미안하다. 차창 밖에는 안개비가 내리고 울창한 숲을 만나고 또 지나간다. 자작나무 숲이 보이는 백두산 기슭 안개비 자욱하다.

흙이 되자

새의 꽁지에서 떨어지는 씨앗같이
오늘은
그래도 온기를 머금고

누군가 먹어 치운 시간 끝에서
가볍게 떨어지는 깊이로
고개 드는 떡잎

흙이 되자
이름 지어 부르며
죽어주자 마음먹으면
살아지는 세상을 살아야 하리.

소중한 것은 내가 너에게 왔다는 것

어제는 소천지를 한 바퀴 돌고 잠이 들었다. 김이 모락모락 피어나는 온천이 흘러내리는 따뜻한 개울이 내다보이는 작은방에서 잠이 깬다. 갈 길은 멀고 오늘도 할 일 많은데 창밖에는 비가 부슬부슬 내리고 있다. 아침을 먹고 하나둘 길을 나선다. 특별한 신을 신고 어렵게 한 사람이 가고 지팡이를 짚고 또 한 사람이 절면서 가고 양팔 지팡이를 짚고 또 한 사람이 더 절면서 간다. 점점 눈길로 변하는 천지의 오월 짙은 안개비에 젖으며 나는, 쩔뚝거리며 살아온 세월을 등에 지고 뒤따라 가고 있다. 추위에 길들어 산호처럼 붉은 사스래나무가 키 낮추고 버티어 온 땅 백두산에 바다 빛 우비를 입은 사람들이 비늘을 번쩍이며 산호초 사이로 헤엄쳐 가는 물고기같이 그렇게 가고 있다. 아가미로 숨을 쉬듯이 비닐 자락을 펄럭이며 꼬리를 흔들며 지나간다. 안개 속으로 흐르는 장백폭포는 물소리뿐 모습을 드러내지 않는다. 천지로 가는 가파른 계단을 앞에 두고 못 가고 돌아가야 할 사람들은 온 길 되돌아 소천지로 갔다. 온 힘을 다하여 갔다. 소천지를 한 바퀴 돌거나 본 다음 숙소로 갈 것이다. 천지로 가는 사람들은 앞에 놓인 계단을 묵묵히 갈 것이다. 뒤돌아볼 수 없을 만큼 아찔하고 끝이 보이지 않는다. 저 높은 곳을 향해 한 칸 한 칸 열심히 가는 사람들, 지팡이에 의지하고 가는 사람들 발뒤꿈치도 어느새 보이지 않는다. 모두 앞서가고 있다. 나는 힘들어하며 마지막으로 지붕을 씌운 계단을 벗어났다. 지붕이 있는 계단을 벗어나니 눈발이 날린다. 천지를 향해 다시 눈보라가 휘날리는 길은 계속된다. 다시 질척이는 눈밭을 묵묵히 앞서거니 뒤서거니 걸어가는 사람들 행렬이 장엄해 보인다. 무엇을 찾아 저리도 열심히 가는지 자신만이 아는 간절함이 있을 것이다. 천지에 이르렀음을 자신에게 확인시키는 의식儀式일지도 모른다. 천지의 얼음물에 발을 적시고 발이 시리도록 걸어가야 하는 신성한 의식의 행렬인 것이다. 마침내 천지에 이르러 발을 멈추고 얼음덩이가 된 천지의 차가운 옷자락에 닿아있다. 폐부에 스며드는 차가운 천지, 물가에 둘러서서 안개 속 천지를 이리도 가까이 온몸으로 숨쉬는 감격의 순간이다. 잠시 후 옷자락을 열었다가 닫고 또다시 열었다가 닫는 천지의 얼굴을 보는 기쁨 말로는 표현할 길이 없다. 또한 천지에서 우러러보는 백두산 봉우리, 선조들이 그리도 그리워하던 조국의 하늘이며 조국의 땅, 바라보는 것만으로도 소중한 시간이다. 돌아오는 먼 길, 가슴마다 학수고대鶴首苦待 간절한 염원 있었음을⋯ 소중한 것은 내가 니에게 왔다는 것.

초가

낮은 초가지붕 위에는
무거운 밧줄

바람을 이긴
나무 뿌리같이…

초가는
바람에 흔들리지 않으려고
튼튼한 제 뿌리
머리에 이고 산다.

이제는

이만 일천구백 날
거저 주어진 생을 살았고
이제 그 생에
머리 숙인다오

거저 주어진 생이라 해서
거저 보낸 세월은 아닐지라도

혹독한 추위와
사막 같은 목마름
그게 곧 인생이라 하기에…

산다는 것이
결코 호락호락한 게 아니지… 그럼

이제는
누군가에게 그 말을 나도 말해주려 합니다
나에게
누군가 그렇게 위로해 주었듯이.

그날의 가르침

그때는 참 고마웠습니다

잊지 않으려 가슴에
묻어두었습니다

부끄러운 사람이
되지 않으려고

바르게 살아야 사람이라고
사람다운 모습 보여드리려고

맑아라 빛나라
닦고 또 닦았습니다

그러나 삶은 늘 주눅 들어 있고
주저앉게 합니다

고맙고 미안함이 깊어
그리움이 되었습니다

밥 한 끼도

손 내밀어주던 위로도…

은혜 잊지 말고
마음에 새기며 살아라

그 목소리 그 가르침
그립습니다.

그림

그렇습니다
비가 온다고 말하지 마십시오
모래톱 위 발자국처럼
돌아가는 아쉬움은
또 이렇게 마음에 적어 두어야 합니다
만남의 설렘은 짧고
작별은 어디까지인지 아무도
기약할 수 없기 때문입니다
어제는 만남으로
오늘은 헤어짐으로
우리는 그래도 함께 있었고
소중한 시간을 보냈습니다
어제는 초저녁별과 걸었고 오늘은
구름과 아주 가늘게 떨어지는 빗방울과 어제의
그 먼 길을 생각하며 걸어야 합니다
달려온 길이 멀수록 우리는 함께 있었고
갈 길이 멀수록 또 우리는 함께 있을 것입니다
그렇습니다
비가 온다고 말하지 마십시오
비에 젖는 것이야
무슨 허물이 되겠습니까

비록 나를 적시는 것이 비일지라도
가슴은 바다로 젖어
바다를 생각하겠지요
오랫동안.

해인사에서

해인사로 가는 길을 차편으로 이어졌다
신선이 되어 천년을 살아 숨 쉬는 시혼詩魂
가야산 기슭에 바람으로 일고
풀잎 되어 꽃 되어 피어나는 것을
한 번은 보고 오리라
한 번은 그 땅에 나도 신 벗고 서서
바위와 물에 닿아 오리라 마음먹었다

그러나 수원 터미널에서 만나자는 벗 없이는
해인사에 먼저 와서 기다리는 벗 없이는
꽃밥 지으며 기다리는 벗 없이는
갈 수 없고 가지 못했던 해인사

시외버스를 타고 금강을 보며 쉬며 달리고
다시 해인사까지 표를 끊고 버스가 떠나기 전
오 분 만에 잔치국수를 먹고도 오 분이 남았다는
짧은 시간에 일어난 일에 감동하며…
해인사 가는 길은 한참 후에
맑은 계곡이 차창에 다가왔다
처음으로 해인사에 온 것이다
무거운 짐은 맡겨놓고 가벼이 해인사 경내를 돌고…

나오는 길에 짐 보따리 지나쳐 되돌아가고···

그때에 가야산 다시 보고
그때에 계곡 물소리 다시 듣고···
얼마나 되돌아가면
말처럼 시詩처럼 살다 간 영혼을 만날 수 있을까

저 중아
산이 좋다 말하지 말게
좋다면서 왜 다시 산을 나오나
저 뒷날 내 자취 두고 보게나
한번 들면 다시는 안 돌아오리*

시詩처럼 정결히
떠가는 구름 한 점
되돌아가면 찾을 수 있을까
삶이 다다른 날 그렇게
시처럼 말처럼 떠날 수 있으면
해인사 가는 길 저 맑은 물소리
마음을 닦고 닦아 떠가는 구름이 되고 지고.

* 고운 최치원의 〈어느 산승에게〉

기착지 寄着地

내 삶의
기착지는 어디일까
작은 역이 있는 산 아래
한눈에 들어오는 작은 마을
이름도 하나뿐인
그런 곳에 살고 싶다

집으로 빽빽한 도시
그 길이 그 길 같아서
하루를 헤매고도
어디가 어딘지…

돌아오니
살아온 시간이
나뭇가지에 매달린
붉은 나뭇잎처럼
애달프다

살아온 날의 끝
나의 기착지 寄着地
어딜까.

문자를 보내고

참석하지 못하여 아쉬운 마음 전한 문자에
답장이 왔다. 더 따뜻해지면 그때는 만날 수 있기를
바란다고 했다. 덜 풀린 날씨와 배려하는 마음이 전해져
오니 고맙다. 오랜만에 만나도 멀어짐 없이 늘 그 자리에
있어 주는 반가운 사람들 문자 보내고 미안함을 달래 본다
핑계에 지나지 않을 듯 못 하는 말도 문자로 대신
인사치레하려는 그 마음까지도 다 헤아려주는 답장
천천히… 조금씩… 문명에 적응하며 오늘을 살았다.

영화 보는 날

밥 먹고 영화 보러 가기로 했다
뭐하고 밥 먹지?
아직도 부엌이 서툰 나는 때마다
이렇게 혼잣말을 한다
있는 반찬에 계란 부쳐 밥 먹었다
갔다 와서 설거지할까
바쁜 마음이 앞선다
나갔다 오면 더하기 싫겠지
흐르는 물에 설거지하는 거
손등에 물도 안 묻히고 하겠건만…
고향 어른들은 그랬다
우물에 물 길어 밥 짓고 설거지하고
불편한 부엌일에 짬이라는 것이
우물에 가서 물 긷는 일이었다
늦을까 봐 마음이 콩닥거리는 사이에
설거지가 끝나고
뛰었다 다행히 늦지 않았다
휴대폰은 꺼 주시고…
주의를 주는 말도 오늘은 들을 수 없었다
영화를 보았다
바쁘게 감은 시간의 태엽이

천천히 돌고 있다는 편안함이다
두 시간 충분한 주어지는 짬
거저 생긴 것은 아니다 그래서 고맙다
더디고 어중간한 사람에게
짬이 주어진다는 거

부엌에 서툰 나를 보면서
스스로 위로하며 하는 말 나도 시인, 그러나
시인이 모인 자리에 가면 너도 시인
참 어중간한 사람
영화에서 남자 주인공이 말했다
아내가 댄서라고, 시장 후보가
가정을 다스리지 못했다고 비난하는 사람들 앞에
당당하게 "맞습니다 저는 그런 사람입니다
그러나 한 번도 부끄러운 일을 한 적이 없습니다"
감동한 아내도 떳떳하게 남편을 응원했다
맞습니다 저는 그런 사람입니다
오늘 영화는 슬펐다.

문득 내我가 그리워 질 때

가고 오는 정으로도
못 다 갚을 은혜를

뵙고 뵈어도
못 다 뵈올 얼굴을

가슴에만 묻어 두고
차마 전화로는 갈음할 수
없어서…

차일피일 미루다가
오히려 전화를 받았을 때

잘살고 있는 거니 너
나에게 묻고

문득 나는 내가 그리워진다.

겨울, 은행나무 아래 서서 하늘과

이 겨울
살아내느라
가시가 다 되었구나.

대추나무 옆에서 2

대추나무가
주인을 따라갔다
나무가 떠나는 것은
낙엽이 지는 계절보다
더 쓸쓸하다
나무가 떠난 자리에
떨어져 남은
낙엽을 밟으며
흙구덩이에 흙을 채운다

지난봄
철들지 않아서 안타깝던
그 가느다란 가지
뒤늦게 잎이 나더니
반짝거리는 잎새 사이로
어느새 단단한
열매를 보여주던
대추나무

봄이라 서두르지 않고
가늘고 연약한 가지 속에

대추씨 같이 여문 결심을
간직하는 나무

낙엽을 남기고 떠난 자리
앙상한 나무 한 그루
심는다.

귀가 여린 것은 꽃이다

모래바람이 불어
눈을 뜰 수 없는 날에도
꽃이 핀다
풀잎보다 먼저 피는 꽃을 보면
풀잎보다 더딘 꽃이라도
먼저 물들어 있는 것을 보면
귀가 여린 것은 언제나 꽃이다

피어날 모든 꽃은
귀가 여려야 하고
피어날 모든 꽃은
물들어 있어야 한다

땅속에서
나뭇가지에서
풀잎 사이사이를 비집고
꽃은 가슴속에
물들어 있어야 한다

누군가
꽃이라 부를 때까지

누군가
시詩라고 부를 때까지
사랑이라고 부를 때까지.

제2부

바다로 가자 1

지나가는 것이 시간이라 하지만 무심無心하게도
일 년 삼백육십오일 너는 죽고 나는 잘도 살았으니
흘러가는 물같이 아픔도 슬픔도 잊어가는구나
오늘 너는 어느 고즈넉한 절에 있고 나는 바다로 가고 있다
말하지 않아도 바다가 그리웠을 너와 한 번은 더
가보고 싶었던 그 바다 나보다 너는 더 바다를 좋아하고
헤엄도 치고 자맥질도 잘하던 네 어릴 적 바다
청각을 한 움큼 뜯어 들어 올리던 어릴 적 네 모습이 선해
바다에 닿기도 전에 쓸쓸함이 밀려오고
바다에 가기만 하면 톳나물, 서실, 고동, 해삼도
잘 잡던 너였는데 언젠가는 이런저런 옛날이야기하며
너와 함께 고향에도 가리라 마음먹고 있었건만
약속은 멀고 먼데 허무한 날은 이리도 일찍 찾아오는지
멀리 가고 있으면 위로가 될까
그냥 멀리 가보자 먼바다로 간다.

파도 앞에서 1

하얗게 날개 치며 달려오는 파도
병아리 떼같이
파도의 날개 품에
깃드는
자갈 소리.

정동진의 아침

1

새벽 4시 정동진에
내린 까닭을 물으며
가슴 시리도록 찾아 헤맨 것은
눈물보다 맑은 바람이었고

캄캄한 새벽하늘 총총한 별
별빛 따라 어두운 밤길을 걸어
바다로 향하여 가다가
시계탑 앞에서 바치는 아침 기도는
오래전 잃어버린 시간과 이루지 못한
꿈꾸는 또 다른 세상을 위하여
바치려 함이며

죽도록 이루지 못하는 꿈을
죽어서라도 이루어지는 세상이
있기라도 하다면
지나가는 꿈이라도 꾸어야겠다며
꿈꾸는 중 아직 꿈을 꾸는 중
꿈은 흩어지고

마지막 슬픔이 될지라도.

2

한 가닥
금빛 수실같이
빛나는 수평선

해가 떴다

구름 한 점 없이
가릴 것도
부끄러움도 없이

돌아온
에덴의 바다
아침
해.

3

기차를 타고 동쪽으로 온 사람들
해를 기다리며
새벽 모래밭에서 아침을 맞이하는
사람들이 모였다가 흩어지고

오늘은 하늘이 맑아서
보기 드문 아침 해가 떴다고 했다
눈부신 아침 해를 보고
바다가 보이는 집
작은 식당에서 아침을 먹었다

그리고 설악산으로 가는 버스에 올라
산으로 갔다 산 중턱에 내려
설악산 어느 계곡을 타고 내려오는 것
얼음과 눈이 하얀 계곡을 지나는 바람에
가슴을 씻어내며 다시는 올 수 없으리라
소중한 시간을 걷고 또 걸었다
내일보다 젊은 날의 추억이라며.

4

집으로 돌아가는 길
다시 기차를 타고
다른 날 보다 하루가 긴 오늘
많은 것 바다에 두고 오는 것일까
마음에 담아오는 것일까
아침 해가 붉게 빛나는 바다에서
간직한 것은 무엇이며
두고 온 것은 또 무엇인가
수평선에 차오른 뜨거운 아침 해
얼음 계곡을 쓸어내리는 하얀 바람
여운으로 남아 가슴 가득 차오르겠지만

미끄러운 얼음길 위에 두고 오는 것은
돌아가는 아쉬움
말없이
잘 가라
먼바다 파도가 인다.

각산부두

각산부두에 차를 세웠다
낮은 돌담 너머 해묵은 나무 사이로
낯익은 정원
교장 선생님 사택이 있던 곳

바다가 내다보이는 집
눈만 마주쳐도 총총 달려오던
친구를 닮은 소녀가
수저를 놓으며 어머니를 도와
저녁상 차리고 있다

상을 차리는 동안 나가 서니
부두는 한적하다
통영으로 가던 통운호도
한산도로 지심도로
소풍 가던 도선도
지워진 밑그림같이 사라지고

잔잔한 물결 밀려오는
부두를 걸었다
뱃길로 떠나는 사람도 없고

부두에 내려
돌아오는 사람도 없다
언제 그런 날이 있었던지

운동장 옆 논두렁에 앉아
도시락 먹으며
우정을 나누던 교정은
저만치 보이건만

오가는 사람이
부산하던 부두에는
세월의 흔적같이
하얗게 빛바랜 굴껍질만 쌓였다

밀물진 바다 위
곱게 물든 저녁 하늘
굴 양식장 말뚝이
조수에 잠기는 시간

밀물지는 세월에 잠겨
나는 잠시 말뚝처럼 서 있다.

젊은 친구
- 여수

젊은 친구와 여수행 아침 기차를 탔다 친구는
어느 날 컴퓨터 고장으로 옆집 청년 도움을 받았고
청년은 취업 준비생이었고 여수가 고향이었고
친구는 고마운 마음에 가 보마 인사를 했다
어느 시장은 어머니와 장 보러 가고
박람회 광장 어디쯤 고향 집이 있었고
지금은 언덕 쪽으로 이사해
어머니 살고 계시는 옆집 청년의 고향 여수
그새 옆집 청년은 취직이 되어 서울로 가고
든 정 몰라도 난 정 안다고 청년이 새삼 고맙고
취직되어 더 고맙고 약속 지켜 그의 고향에 갔다
청년의 앞날을 축하해 주고 싶은 마음이며
지나가는 말로 했던 약속을 지키는 이웃이 있었다는
기억이 되고 싶었을 것이다
친구 따라 나도 약속이 되어 여수에 갔다

걷고 또 걷고 버스 타고 내려 또 걷고
높은 계단 지나 향일암에 다다라
먼바다 아득히 출렁이는 수평선 향하여
추스르는 살아있음의 고마움
돌산갓김치 밥 먹고 오동도 푸른 숲

동경의 바다 동백섬 방파제 바람맞이
바닷가 길 따라 걸어 시장에 가고 박람회 광장 가고
빈 광장 늘어선 기둥 사이로 밀려오는
여수麗水의 저녁 여수旅愁에 젖어서 걷고
푸른 바다 맑은 바람 가슴 가득 차올라
한번 다녀와야 할 약속 그리움도 적시고
한려수도閑麗水道 저녁 여수旅愁
막차에 싣는다.

산길 따라 걸으며

육백 미터는 얼마일까 정상까지…
대금산 자락에 차를 세우고
첫걸음을 들여놓은 산길은 조용하고
호젓하고 산 흙은 부드럽게 발을 감싸고
사월의 푸른 수액이 방울방울 정수리에 떨어져
혈관을 타고 흐르는 듯…
길 양 섶에는 꽃무늬 적삼같이
산딸기 꽃 하얗게 펼쳐지고
보랏빛 산붓꽃, 반가운 얼굴
이름 부르지 않아도 늘 제자리 피고 지는
많은 봄날 지나 오늘 우연히 예서 널 보는구나!

큰 키 진달래 연한 꽃잎 차마 못 다 지운
가느다란 가지 사이로
가지마다 제 이고 사는 하늘 있음을…
젊은이는 젊은이의 하늘을 보며 길을 가고
나는 나의 하늘을 보며 길을 가노란다
그늘에 선 나무처럼 더디 철들어
아직 못다 진 꽃잎이 남았을까
고운 빛깔 피는 꽃들에게 주고 살아온 무게
바람으로 벗으며

마음 다한 생生
지나는 산길 한 구비인 것을
한 포기 붓꽃같이
고운 점 찍어 두고
사는 길 굽이마다 꽃은 피었더라
한 번쯤 돌아보며
다시 정상을 향해 힘을 내듯이
길을 걸어야 하리
누군가 또 누군가를 위하여…

외포 앞바다
멸치 비늘같이 눈부신 해풍
진달래 피고 진 대금산 떨기나무 결 곱다.

대금산

누군가 앞서 닦아 둔 길
누군가 나를 위해 아꼈던 길
대금산 정상에 올라 바다를 본다

가덕도와 작은 섬들이 팔을 뻗으며
이야기를 나누고 다리를 놓고 있다
동서남북 훤한 산마루
노자산 봉우리
소풍 가던 날 추억을 품고 솟아있다
뜻하지 않게 선물같이 오게 된 대금산
누군가 나를 위해 아꼈던 세상인 것을

추신
많은 세월이 지나고
어느새
비싼 통행료를 내며
다리를 건너 오고 가는 사람들….

파도 앞에서 2

밤새도록 비가 내리더니
자갈밭 구르는 파도 소리
아침을 흔든다

파도를 너무 좋아한 탓일까
고향에 손님이 왔는데
보여 줄 것이 파도뿐이다

아침 바닷가에 나가
파도 앞에 서본다
짜디짠 물보라 눈물 맛이다

어디선가 밀려오는
설움의 파도
소리쳐 부서지고 있다.

누에섬 머리에 해가 지면 1

해 질 무렵
누에섬 머리에 내린 노을은

잇꽃 물들인
한 필 비단이었다

하늘과 바다를 이어주는
투명한 누에섶

늦은 녁 잠에서 깨어난
누에 한 마리
토사영견吐瀉營繭을 풀어놓고 있다

누에 한 마리
따뜻한 갚음의 시간

작은 보답이라도
세상에 두고 가야지

마음에만 두었던
고마움의 말

토사영견吐絲營繭을 풀어내듯이

따뜻한 말 한마디
세상에 두고 가야지

상처 입은 너에게
위로의 말
두고 가야지.

누에섬 머리에 해가 지면 2

누에 발이 떨어지지 않게 해라
누에똥 갈아줄 때
나도 모르게 뿌리쳐
발 떨어진 누에 있었는지도
모를 일이다

아니면 먹고 남은 뽕잎 사이로
실한 누에에 치여 잘 먹지 못한 누에
소죽 솥으로 가는 누에똥 속에 있었는지도

누에섬 바라보는
포구의 시간
내가 상처 준 것에 대하여
내가 무심했던 일에 대하여
참회케 한다

제비꽃 물든 언덕
저 고운 부드러움

내가 상처 준 곳으로부터
내가 무심했던 곳으로부터

따뜻한 세상 맞이하리란 것
이 저녁 깨닫게 한다

누에 한 마리의 하늘
누에섬 머리에 곱다.

누에섬 머리에 해가 지면 3

스스로 다 주고 가는 것을
번데기… 명주…
그 짧은 생애

누에고치는 옛말
요즘 누에는 석 잠만 재운다지요?
그리고는…

그렇게 죽어간 누에는
어디로 갔을까요?

가슴에 고인
실낱같은 희망

하얗게 지새우던
그 내막 들어나 주시지요.

누에섬 머리에 해가 지면 4

굴절된 빛을 먹고 사는
바다 생물들이
이제 빛이 없는 어둠 속으로
엎드릴 시간이다

붉게 물든
누에섬 머리 해가 지면
사제가 미사성제를 위해
성당으로 들어가듯이
나는 나의 성소
나의 집으로 돌아갈 것이다

가정家庭도 성소聖김가 된다는
의미심장意味深長한
말을 생각하면서
살아갈수록 버거운
혼자가 아니라는 질긴 인연을
살아내기 위해 돌아가야 한다

뽕잎을 먹고도
명주실을 뽑는 누에처럼

가슴은 늘 빛나야 한다
사는 일 가시밭길일지라도

나방의 꿈을 접은 누에가
명주를 남기고 가듯이
나 보다 네가 더 따뜻한 세상
살아야 하리.

밤바다

아무것도 보이지 않는다
검은 것은 바다일 뿐
모닥불을 피우고 모래밭에 주저앉아
노래로 어우러진 젊은이들이 부럽다
우리도 불을 피울 걸…
선걸음에 돌아갈 아쉬움
모래밭에 발자국마다 벗으며
찬바람 한 가슴 들이킨다
어둠에 순응하는 동공이 열리고
아득히 다가서는 수평선
부드러운 옷자락 펄럭이며
버선발 하얗게 달려오는 파도

언 손 내미는 작별의 시간 끝
몸은 추워서 떨고
우정은 따뜻한 등불을 밝힌다
어두운 밤바다
그 밝은 심지를 드리우고….

달빛 바다

달이 밝은 날에는
바다도 달빛으로 몸을 닦는다

건넛마을 불빛은
불기둥을 깊이 드리우고

젊은 날의 애틋한 이야기
밤도 깊은데

물결은 밀려왔다가 나가고
다시 밀려와서 바위에 부딪쳐
하얗게 부서지고 있다

젊은 시인
밀려드는 파도로 발을 적시고
젖은 운동화를 벗었다

젖은 운동화는
달빛과 바람으로 마르겠지만
마음속엔 끝없는 이야기
수평선까지

달빛 물결
달빛 바다.

바다로 가자 2

우애 깊을 사이도 없이 동생을 앞세우고
허전한 마음 바다로 가자 바다로 간다.
돌부리 부딪히던 들길, 나무하러 다니던 산길
노 저어 윤돌섬 가던 뱃길, 썰물 지도록 기다려도
개발하는 사람도 없고 윤돌섬 가자는 배도 없고
아무도 없어서 서러운 고향
너와 같이 가면 덜 할까 같이 가자 했는데

친정 조카들이 상급학교에 가도록 도움 주신 읍내
왕고모도 뵙고 조카를 기다리며 여문 마늘, 양파 바람에
매달던 소동 고모도 뵙고 어린 조카들 다 업어 주시고
애호박 얹어 국수 말아주신 늘 가까이 계시던
어머니 같은 고모도 뵙고 오자 했는데, 그날을 바랐건만
그리운 날 항상 거기 있고 아무도 돌아오지 않는 허망 바다
늦은 가을 입동이 다가오는 야속한 계절
행여 먼 길 끝에서 너를 만날까
보랏빛 구두 가벼운 옷차림으로 다녀오리라던 모습으로
다 나아서 침상 밑에 벗어둔 신 다시 신고 네가 올까
먼 마중 바다로 간다

집에서 가져온 새 이불도 마다하고

늦은 가을 저녁 얇은 침대 이불을 덮고
그 길이 영면永眠의 길일 줄 누가 아는 사람…
그날, 집안 정리하고 이불 빨래까지 다 하고 병원에 가던
너처럼 나도 오늘 집안 정리도, 청소도 다하고 이불도 빨고
나무에 물도 주고 베란다도 물로 쓸고
떠날 준비 이만하면 되었다 집을 나선다
다녀오리라 병원에 가던 너처럼 다녀오리라 가는 길이다
돌아올 수 없을지도 모르는 길
멀리 가보면 떠난 사람이 보일지 그리움도 멀리 두려고
바다로 가는 중이다.

파도 앞에서 3

밤새 비가 내리고
갈증을 씻은 계절 사월이 풀잎 위에 푸르다
갠 아침 햇빛과 맑은 바람과 밀려오는 파도
이 맑은 바닷가에 하루만 더 살다가 가고 싶다.

제3부

파도 앞에서 4

닻을 내린 선착장

비에 젖은
포구의 밤도
높은 파도 소리도
돌아가면 다시 그리워지겠지

푸르른 바다 멀리
무심한 수평선

반겨 줄 사람도
떠오르는 이름도 없이

고향 집 앞
지나가는 나그네.

어머니, 배가 없어요.

막차로 부산 가서
첫배로 고향에 가자
날마다 고향 가는 꿈을 꿉니다

어머니 이어다 주시고
무겁게 나르신 그만큼
늘 따뜻하고 넉넉히 살았습니다
그날 어머니의 고단함 온몸에 싣고
어머니 그리운 뱃길로
고향에 가고 싶은데
고향에 가야 하는데
부두에 배가 없습니다

바람이 부는 것도 아닌데
파도가 높은 것도 아닌데
고향으로 가는 배가 없습니다

어머니의 짐을 실어다 주던
영복호도 없고 세길호도 없고
에어 페리호, 페레스트로이카
어머니께서는 낯선 새로 생긴 배들도

이제 없습니다
이고 오신 어머니의 무게 제가 이고
어머니께 제가 가고 싶은데
부두에 고향으로 가는 배가 없습니다

어머니 오늘도 뱃길로 오시고
아버지 오늘도 뱃길로 가시고…

"거가대교로
선배님 고향에 다녀왔어요"
인사를 하지만
저에게는 그 길이 멀어만 보입니다
어머니 오시는 길
아버지 가시던 길
자갈치 연안 여객선 부두
첫배로 가서 오늘은 모를 내고
첫배로 가서 오늘은 추수를 하고
주고 싶은 거 마음에 쌓여
"왔다 가야 일이 손에 잡힌다"시며
어머니 오늘도 그 길 오시고
아버지 오늘도 그 길 가시고

샛바람 불까 파도가 높을까
마음 졸이시던 어머니의 고단함
그날 그 뱃길로
날마다 고향 가는 꿈을 꿉니다
막차로 부산 가서 첫배로 고향 가자
꿈을 꿉니다

오늘도 어머니 그 길로 오시고
오늘도 아버지 그 길로 가시고
바람도 없고 파도 잔잔한데
어머니, 배가 없습니다.

유언의 바다 1

밤낚시를 떠난 할아버지
낚싯줄에 걸린 갈치
은빛 비늘 바다

김칫거리 무 배추를 씻던
소금 바다

김, 파래, 우뭇가사리
맵사리고둥과 따개비
해삼, 군소
소라, 우렁쉥이의 바다

초여드레와 스무사흘
밀물 조금
물속에 살고
보름과 그믐
썰물 한사리 갯가 갯밭
뭍이 되어 주는 갈색 해안

몸과 마음 풍요롭던
누구나의 텃밭

머드래, 너렁, 적산개, 윤돌섬
끊임없이 새살 돋는
생명의 바다

시작도
끝도 거기에 두고
그리우면 가리라 가서
더욱 그리워지리라

뱃전에 부서지는 물결
잔잔한 바람과
높고 낮음도 없는 수평선.

유언의 바다 2

미역을 캐는 해녀의 숨찬
휘파람 소리
붉은 가시 성게 알을 싸 먹었던
떫은 미역쌈
그날 그 바닷가

썰물이 지면 여 건너
바위 섶 벼룻길 지나
물때 따라 갯가에 개발하러 가는 사람들

모자반, 톳나물, 지충
일렁이는 해초 밭 위에 앉았다가
낮게 날아가는 갈매기 울음소리

밀물져 오면
젖은 옷소매 사이
굴쩍에 쓸린 생채기 싸매고
갯가 갯밭에서 돌아오곤 했지.

유언의 바다 3

가스등 불빛을 따라
해안에 밀려오는 멸치떼
손으로 잡으며 놓으며
부산한 밤 바닷가
만선의 함성 울리며
돌아온 챗배는 멸치를 풀었다

바닷가에 가마솥 걸고
멸치 솖아서 널고
자갈밭 뒤덮던 비릿한 갯마을
한 움큼 멸치를 나누며
우리 모두 어장 가진 어부였지

햇빛과 바람에 멸치 마르고
소 찾으러 가다가
멱감은 아이들
소금기 얼룩져 등이 마르고
뜨거운 조약돌로 귀를 닦으며
잔망 떨어도 좋았던 바다

멸치를 채 덮으며 바닷가에 놀고

자갈밭에 널었던 빨래를 걷으며
해 지도록 바닷가에 놀고
달이 떠오르면 은빛 물결과
때없이 모여 놀던 바닷가

은빛 물결 유언의 바다
물보라에 젖어 서 있다.

유언의 바다 4

어머니가
첫국밥을 먹으며 흘린 감격의 눈물
그날 미역국의 미역과 생도다리
넓은 지느러미의
바다

살과 핏속에 흐르는
살아있음의 환희와
살아온 날의 푸른 멍
살아있는 날까지 그리운
유언의 바다

잔잔한 바람과
뱃전에 부서지는 떠나는 날의 가벼움
키 끝에 떨어지는 겨와 같이
꽁지부리 고물에 따라오던 길 하나
멀어져 간다.

멸치

소금을 베고 누워
꽃물이 된다는 것을 알았을까

꽃물보다 붉은
젓국으로 간을 보는 부엌
멸치의 맑은 눈이
나를 빤히 보고 있다

그 넓은 바다에
작은 몸 하나
숨기지 못했을까마는
한 무리 멸치로 살았으니
한 그물에서 죽는 일이
함께 사는 일이란 걸
알았겠지요.

울릉도

1

먼 길은 친정으로 통하고
사노라 멀리 두었고 멀리 두어서 낯선
낯설어진 그 먼 친정에 가듯이
잠든 시간을 깨워 새벽 버스를 기다리고 아이들과 함께
멀고 먼 동해로 울릉도로 가는 중이다
누구는 시집살이 독해서 못 살고 내뺐다는
소문을 일으키고 떠난 여인의 야반도주
막상 그렇게 갈 수도 없는

친정 그리운 그 첫 새벽길이다
아이들이 있어서 나는 꼼짝없이 돌아오겠지만
갈 곳 없어서 닻을 내린 무거운 세월도 오늘은
가볍게 따라나서는 밤
밤은 바람도 없이 흔들리며 바다로 흐르고…

2

묵호에서 동이 트는 아침을 맞이해
작은 식당에서 밥을 먹고

세 시간 뱃길에 올랐다
뱃길 세 시간, 의자에 앉았지만
바닥에 누운 사람들이 편안해 보인다
파도에 출렁이며 흔들리는 바닷길
예전에는 뱃길 세 시간쯤
고향 가는 길이라 두렵지 않았건만
동경의 섬 울릉도 멀기도 하다

무사히 울릉도에 내려 사람들 속에 줄을 섰다
죽기 살기로 살아보면
살아질지도 몰라
섬에서 살자
마음먹어 온 세월 한 바지게
울릉도에 가면 행여 새로운 태양이 떠오를까
한번은 가고 싶었던 멀고 먼 섬

3

"잘 데도 마땅찮은데 왜 이리 많이 왔을꼬?"
순박한 섬사람들의 서툰 손님맞이
묵호에서 168km 420리 먼 뱃길로 울릉도에 온 사람들

무어라 대꾸를 하며 줄을 섰다가
배분받은 방을 찾아 또는 식당을 찾아 뿔뿔이 흩어졌다
가방도 다 풀지 못하고 겨우 자리를 펴는 작은 방이지만
숙소에 식당이 딸려 있어서 다행으로
짐을 놓고 바로 밥을 먹으러 갔다
부지깽이나물, 된장국도 더 먹으라며 권하는
인사가 고마운 울릉도의 첫 끼니 점심을 먹었다
점심을 먹고 사람들은 하나둘 모습을 드러내고
시간에 맞추어 차에 올랐다
비탈길 지나 걸어가는 길이라 차를 세웠다
푸른 바다가 등을 떠미는 길
아름드리 푸른 나무 뿌리 깊은 섬
바람이 맑아서 마음도 절로 맑아지는 길
동해에서 불어온 바람을 마주하는 봉래폭포
폭포 앞에 선 사람들
섬이지만 산에서 솟아나는 풍부한 샘이 있으니
목마르게 돌아가는 나그네는 없었으리라
폭포에서 떨어지는 물소리
숲을 휘돌아 흐르는 동해의 푸른 바람, 안기고 싶은 건지
안아 주려는 건지 물소리 바람소리
마음의 창을 닦고 있다.

4

호박 식혜 한잔
사는 이도 파는 이도
고마운 인정에 젖어서 오고 가는 길
엿을 사는 사람 파는 사람
오징어를 사는 사람 오징어 파는 사람
오징어 먹물 빵 사려고 줄을 서서
내일 가져갈 선물을 주문하는 사람

꿈에나 가 볼거나
그리워하던 독도에 가서 독도에 내려
독도에 내리는 이슬비 맞으며 머물고
비 오는 뱃머리에 작별을 두고 돌아온 저녁
울릉도의 이튿날이 저물고 있다

모기장으로 들이치는 저녁 바람
이만하면 족하다 꿈 꾸었지
바다가 내다보이는 바닷가 작은 집 작은 방
아이들과 다붓이 긴 하루를 돌아보는 포구의 밤
시름없이 아이들과 함께여서 편안하다

더 가까이 다정하게 말하고
오롯이 자식을 위해
좀 다부지게 살아 볼 것을
포구에 서서 어두운 바다를 비추는 등대
등댓불 비추는 울릉도
밤이 저문다.

파도 앞에서 5

환희에 찬 뭍으로
밀려오는 파도

마음의 문을 열고
아침의 노래 듣는다.

파도 앞에서 6

파도 소리에
잠을 깨고
유리창에 물든 아침 하늘
해풍에 이끌리어
바다에 나선다
파도는 높고
먹이를 찾아
낮게 나는 갈매기
젖은 날갯짓

울며 날아가는 새 한 마리
날개에 실어 보내는 파도 소리.

독도 1

간다는 기별이 닿은 것입니까
벅찬 감격의
동해를 적시며 내리는 비
젖은 선창船窓을 내다보면
푸르디푸른 바다와 하늘과 수평선
독도로 가는 배 한 척

태초에
그리움이 거기서 태어나고
외로운 모든 것 거기서 태어나
그리움 바다요
외로움 바다
다가갈수록 그리운 섬
독도여!

유월 스무여드레 그믐사리
썰물 진 해변 갈매기 울며 날고
축복처럼 비가 뿌리고
해풍이 볼에 스치고
잔잔한 물결
속삭이는 파도 소리

그리움 가득
두고 오는 섬
홀로 손 흔들고 서서
멀어질수록 다가오는 섬
밀물지면 다시 올까
썰물지면 다시 볼까
멀어질수록 또렷한 그리운 얼굴
독도여!

독도 2

동해 출렁이는 물결
가슴 조이며 섬에 닿기만 간절히 빌었다
물안개 너머로 다가오는 섬
연두색 우비를 입은 늠름한 국군의 모습
모두 일어서서 조인 가슴 풀고
인사 받으며 마침내 닻을 내리는 배
노래라도 부르자 우리 땅 독도여
밀물지는 바다 설렘의 물결

뱃머리에 나와 손님을 맞아주었고
잠시 후 떠날 사람들의 안전을 살피고
외로운 섬 독도를 지키는 젊은 국군장병

그들이 있어서 독도는 설레고 더 애틋하다
닿기만 해도 기쁨에 겨워 축제가 되었고
제 반가움에 반가워 들썩이는 섬
썰물 진 푸른 해안 첨벙 걷고 싶은 섬
밀물에 발 젖도록 머물고 싶은 섬

짧은 시간 아쉬움도
아이들과 함께 소중한 추억이 되었다

배에 오르니 어느새 멀어지는 섬
한 바퀴 원을 그리며
떠나는 아쉬움 전하는 부두
아련히 연두색 우비 환한 국군의 모습
볼수록 그리운 섬
두고 오는 그리움
보내는 마음에 더한 그리움.

파도 앞에서 7

햇빛은
먼바다에 푸르고
파도가 높다

자갈을 구르는
흰 파도 소리만

마음 가득히
돌아가고 있다.

제4부

소한 1

겨울이 오면
맑은 시베리아를 숨 쉬는 가슴
가슴이 숨 쉬는 만큼
가까이 다가오는
그리운 사람들이 있습니다

세상에 태어나서
가장 처음 숨 쉬던
소한小寒 추위에 얼어버린 밤
깊은 저녁 바람을 마시며
첫국밥을 안치려고
샘물을 여 나르는 젖은 고무신
옥색 명주 안을 받친
옥양목 저고리
감아 빗은 머리에
맺힌 고드름…
누군가 그렇게 수고를 하고
한 생명이 세상에 태어났습니다

참깨를 털어 낸 마른 깻단이
아궁이를 밝히고

불빛이 구수하게 타오릅니다
그리운 얼굴들이 있습니다.
소한 추위가 오면.

그리움이란

그리움이란
그리움이라고 말할 때
더 그립다

보고 싶다고 말할 때
더 보고 싶어지는 것처럼

그리움은
깊은 우물같이 마음에 들어와서

가만히 들여다보면
점점 멀어졌다가

가만히 들여다보면
아득히 잊히다가

그러나 우물에는
하늘이 있고
해가 떠 있고
달과 별이 떠 있고
구름이 지나가고…

잡을 수 없는
아득한 곳에
점점 멀어져 간 사람
사랑하는 사람도
우물같이 깊은 그리움 속에 있다.

할아버지와 선물
- 대구

1

해수咳嗽를 앓는 이보다
더 아침을 기다린 사람은 없다
밤새도록 잠을 이루지 못하고
뙤창문을 열고 기다린 아침이 오면
모탕에 나무를 패는 소리로
밤새 지친 몸 일으키시던 할아버지
나는 그 소리에 잠이 깨곤 했다
정성을 다해 살아온 세상
사람들 기억에서 사라져 가고
내 어린 기억 속 아련히 살아계신 할아버지

2

곱게 새끼 꼬아 새끼줄로 짜 올린
할아버지의 그물로 잡은 무척 큰 대구
그물 짜 준 보답으로 받았던 선물
대구 한 마리로
큰 솥에 국을 끓이던 대구 처미초미初味
할아버지의 그물에 큰 대구만 잡힌 것은

그물코가 컸기 때문이었음 알았다
늦은 가을 초가지붕을 다 이운 뒤에도
짚을 추려 놓고 새끼줄 정성 들여 꼬아
대구 그물 짜시는 할아버지
할아버지의 그물도 대구 어장 사람들도
추억 속에 아득하다

3

어느 날 하얀 얼음박스에 담아 보내온 선물
미끈한 비늘 살아서 바다로 갈 듯
가덕도 앞에서 잡혔다는 대구가 왔다
대체로 파도가 높고 물결이 거센 가덕도 앞
거친 파도를 헤치고 처음 바다로 돌아온
물고기들의 슬픈 귀향
할아버지는 정성껏 그물을 짜 주시고
보답으로 대구 선물을 받으셨지만
나는 아무 노력도 없이 받는 뜻밖의 선물

할아버지는 그때 아셨을까?
먼 후일 손녀가 남쪽 바다 대구를 받게 되리란 거

먼 후일 손녀의 대구 처미초미初味

선한 끝은 있다고 믿으며
할아버지는 그때 아셨을까?

아버지와 수제비

아버지는 수제비를 싫어하셨다
수제비를 하는 날 어머니는 오가리솥에
아버지의 밥을 따로 지으신다
그런데 아버지의 방앗간에 제분기가 들어왔다
마을 사람들은 더 이상 양동이에 밀을 담아 이고
돌부리 차이는 신작로를 걷고 지름길이라며 재를 넘어
이십 리나 되는 지세포까지 걸어가지 않아도 되었다
사람들을 따라서 나도 작은 양동이에 밀을 이고 가서
가루를 빻아 올 때도 있었는데 얼마 후 아버지의 방앗간에
제분기가 들어온 것이다
아이들이 좋아하는 수제비, 아이들이 좋아하는 빵을
먹게 해 주고 싶었던 아버지 마음, 아버지의 깊은
사랑이었음을 이제야 깨닫는다
밀방아 빻는 날이면 제분기 뚜껑을 열고
술통같이 크고 둥근 체 아래 밀가루가 어서 쌓이기 기다리며
그 광경을 들여다보느라 머리카락 하얗게 가루를 둘러쓰고
눈 오는 날 강아지처럼 좋아서 아버지의 방앗간에서 놀았다
그때는 알지 못했던 자식 사랑 아버지.

방학 일기

겨울방학에는
친구들과 나무를 하러 간다
일기를 쓰려고 나무하러 가고
 '오늘은 나무하러 갔다'
일기를 쓴다
갈비를 해 오거나 솔방울을 주워 오거나

갈비는 갈고리로 긁어모아
세 가닥 새끼줄 나란히 가로놓고
새끼줄 위에 나뭇가지들 세로로 깔고
갈비를 다져 네모 판을 만든다
이것을 장을 뜬다고 하여 떠올리고
쌓아 올린 둥치가 흩어지지 않게 나뭇가지
위에도 얹고 펼쳐놓은 새끼줄을 묶는다
둥치가 된 갈비를 머리에 이려고
서로 이어 주다가 주저앉기도 하고
오는 길에 밭담에 짐 내리고 쉬면서
 "내일 또 올까?" 약속을 한다

화덕에 묻어 둔 불씨를 불어
불을 댕길 때

"갈비 한 움큼 가 오너라"
나는 작은 손으로 한 움큼 갈비를 나르고
불씨를 불던 어머니
불꽃같이 환한 얼굴이 보인다
일기를 쓰려고 나무하러 가고
 '오늘은 나무하러 갔다'
일기를 쓴다.

거울 앞에서

거울 앞에서
흰 머리카락 더듬어
검은 물감 먹이는
붓의 움직임

거울 향해
슬퍼지는 나의 어머니

"제가 도와 드릴까요?"
"제가 염색해 드릴게요"
그 말 다정한 그 말
말없이 감동하셨을 그 말
이제야 생각나서.

마음이 아픈 소리

기침을 한다
말을 하려고 하면
더 먼저
튀어나오는 기침 소리
목이 아프고
가슴이 아프고

말을 말아야지

기침은
가슴이 앓는 소리라면
말은
마음이 앓는 소리인지도 모르지.

추석

달뜬 바위 위에 둥근달 걸릴 적에
소원을 빌고 빌었는데
나이는 어느새 오십 줄에…

사촌에게서 문자가 왔다
사촌이 마산중·고등학교에 갈 때까지
고향에서 함께 지내던 어린 시절을 추억하며
나이 들어감에 덧없어
또 한편 어머니 생각에 써 보낸 글이라 생각하니
나 또한 고모가 그리운 명절이다
명절이거나 친정이 그리우면
조카들에게 전화를 걸어 안부 묻고
더운 날은 덥다며 추운 날은 춥다며
걱정해 주시던 고모님
내가 태어나던 날, 소한 추위를 하느라
몹시 추운 겨울밤에도 할머니를 도와
우물에서 물을 길어 첫국밥을 짓고
샘물을 데워 첫 목욕을 시켜주셨고
친정 조카 업어 키우신 고모
동생들은 통영으로 부산으로 고등학교,
대학교 보내면서 공부는 안 시키고

일만 시켰노라 투정도 하시더니
해박한 세상 이야기
못다 하신 고향 이야기 가서 들어 둘 것을
길쌈으로 옷을 짓던 고운 시절 이야기 더 듣고
고모님의 외가 이야기
고모님 귀에 생생한 아버지와 할아버지
할아버지의 아버지 이야기도 다 들어 두고
가슴에 쌓아둔 이야기 다 들어드릴 것을
무심한 저 달빛 아래
그리움이 사무쳐 우는 사람들
잘 있나 …
귓가에 선한 다정한 목소리
시詩를 퇴고推敲하는 날
더 보고 싶은 고모姑母님.

비행기를 기다리며

어느 날 아버지는
마당에 내려온
비행기를 보았다
비행기 타고
제주에 갔다

아침에도
깨어나지 않는 꿈

어머니
제주에 갑시다

어느 날 아버지는
비행기를 보았고
비행기 타고 제주에 갔다

무심히 지나간 세월 저편
비행기는 날고
성산 일출봉 위에는
넓은 마당이 있고
늘 비어 있고…

일출봉에는
아버지의
비행기를 기다리며
바람이 불었다.

정월 대보름

달도 없이
눈이 내렸다
나물과 오곡밥을 먹었다
나물에
밥 먹고 사는 일
문득 목이 멜 때 있다
먹고산다는
아주 쉬운 일에
가슴 벅찬
그런 날
마흔에
아들을 얻어
기뻤던 어머니의
보름달
구름 저편에 있고
시린 눈물같이
눈이 내렸다
가르마를 타고
흘러내리는
어머니의 눈물.

아흔

아흔 삶이었다고 여한이 없을까
친정에서는 맏이, 언니, 누나…
아내요 어머니, 어머니의 어머니…

자고 가거라 붙잡는 손길
또 오겠다며 약속만 남기고 오던 날
손 흔들며 문밖에 나와 서 계시던 모습
선히 마음에 남아 슬프다

늘 고운 모습으로 이웃과 정답게
함께 밥 먹고 의논하고 국제시장 갈래?
부평동이나 자갈치시장 갈래?
곱게 차려입고 장에 가시던 그날
그 모습 추억하며
옛이야기 나누며 자고 올 것을

기다림도 접고
보내는 아쉬움 체념으로 접고
보면 반갑고 지난 일 다 잊고
이름만 안부만 궁금해하셨지
잊어 주자 다 용서하자

평화를 짓는 환한 미소만 남기고
하늘 멀리 날아간 새
마침내 보이지 않고 사라지는 마침표

좋은 것만 주고 싶고
못다 주어서 안타까운 아흔의 삶
아흔의 어머니.

회한悔恨

수평선 위에 둥실 해가 떴다 많은 일과 허퉁한
마음 내려놓으니 학동이다
마치 아침 해를 보려고 밤새 달려온 사람처럼
어제 오후 차를 몰고 집을 나서서
천 리가 넘는 길을 달려 아침이 되었는데
이 먼 곳에 어떻게 왔는지 무슨 일로 왔는지
다 잊고 멍히 바다와 마주 앉는다
한 장 사진첩을 넘기듯 어제는
그새 추억의 장 속으로 넘어가고 있다
달려가면 저만치 떠난 사람을 만날 것처럼
가버린 시간을 붙잡아 돌려세울 것처럼
정신없이 달리고 달려왔다
잔잔한 물결이 밀려오는 바닷가
체념의 시간이 오고
위로의 손길인지 아침 해 따뜻하다
"다른 사람이 운전하는 것 같았어요"
멀고 낯선 길을 안내하며 마음 졸이다가
이제야 마음이 놓인다는 듯
옆에 앉은 딸아이가 말문을 연다
선택의 여지도 망설임도 없이
'가자 가다 보면 다다를 것이다' 했지

하마 떠난 사람을 어찌 만날까마는
그렇게라도 생전에 뵙지 못한 회한을
덜고 싶었던 것이다 아흔을 살았고
아들딸 손자 성공하여 다복했고
증손자 재롱을 보았으며
선택의 기로에서 안쓰러웠지만
사제가 되어 늘 자랑스럽던
손자의 효도를 받았으니 평안히…
아픔도 그리움도 잊은 고운 미소
아흔의 삶이 찰나와도 같이 지나갔다

 '곧 다시 만나겠지요'
사제와 함께 연도를 바치고
자정이 넘어 빈소를 나와
마음 가닿는 곳 오다 보니
고향 마을에 닿았다 늦은 밤
이제는 폐교가 된 학교 운동장에
차를 세우고 부모님의 발자취와
추억에 기대어 아침을 기다리고 있다
부모님 흔적이 있어서일까 넓은 마당에
덩그러니 놓였지만 낯설지 않다

아침 일찍 부모님 산소에 들러
너무 늦어 씻을 길 없는 불효
한 잔 종이컵에 따르고
먼바다 향해 무덤가에 앉았다가
다시 일어나 해안 길 따라
학동에 닿았다 학동은
어제 돌아가신 대신동 어머니
신접살이의 애틋함이 있는 곳이다
아흔 삶 속 어딘가에 접어두었던
어머니의 그리움 해변에 닿았을까
밀려오는 파도 소리 듣는다
반세기 넘는 세월 동안
든든한 친정이 되어 주시고
도움의 손길로 보살펴 주신 은혜
어찌 다 헤아릴 수 있을까
회한悔恨도 힘이 된다며
회한을 딛고 일어나
굽이굽이 노자산 고갯길 넘어
삶의 굽잇길 터벅터벅 살아가겠지
귓가에 자갈밭 구르는 파도 소리.

여름 2017

높은 경쟁에 마음 졸이다가
합격 통보받았다며 전화가 왔다
합격 통보 받고서야 전해 듣는 반가운 소식이다
다시 직장에 가야겠다는 말도 없이
무슨 일 있었는지 물을 겨를도 없이
지원서 내고 혼자 기다리고 혼자 애태우고
새로 직장에 나가게 되어 기쁘다
그새 무슨 일로 마음고생이 있었는지
다 알 길 없다
어미처럼 살지 말라 하고서도
매일 일찍 일어나 출근하고
매일 늦게 퇴근하는 고단함을
나는 알기나 하고 한 소리였을까
건강히 잘 적응해 가기 바라며
애써 다져 온 날들
살아가는데 기틀 되고
힘이 되길 빌 뿐
깊은 밤
쓰르라미 소리 듣는다.

차창에 걸리는 석양

어머니, 예매했어요
왕복 차표가
휴대폰에 도착했다
기차를 타고
몸은 점점
집에서 멀어지고…
떠돌아 사느라 잊었던
보내는 마음
해 질 녘
차창에 걸린다
언젠가는
비우고 갈
그 자리
미리
그리움인지…
석양이 붉다.

소한 2

누구의 입김이 이리도 차가운가
등이 시리다

하얗게 두꺼워지는 유리창
추위를 껴안고 들엉겨
겨울 이야기 속삭이는 요정들

하얀 창 너머로
콧등이 시린 바람

어느 날
내 머리맡에
하얀 물끼
놋그릇에 담긴 얼음덩어리.

부엌 일기

방에서 주무세요
그래 고맙구나
밤을 새운들 어떠랴
얼마 안 있어 날이 샐 텐데
콩나물 무쳐 도시락 싸고
두부 넣고 찌개 데워서
오늘은 아침밥 먹고 가야지
큰아이 졸업하고
둘째도 졸업하고
그래서 더 일찍 출근하는 아침
셋째는 멀리 하숙집에 가 있고
막내는 아직 도시락 두 개 싸서
학교에 간다
끝없이 이어지는 일
자라는 아이
아이들의 무게만큼
부지런히 일어난다
생명줄로 이어지는
살아 있으므로 밝아 오는 아침
밝혀 두자구나
닭 우는 소리에 곧 아침이 올 텐데.

겨울 산

저 은은한
겨울 산 봐
너무 곱지?
겨울나무 빛깔이
저리 고운 줄 모르고 살잖아

눈雪 그리워 온 부산 시인
잔설殘雪을 보리라며
찾아간 겨울 산
시보다 먼저 주고받는 말
꽃잎처럼 주우며
동학사 가는 길

살 고운 빗으로
빗어 올린 듯이
하늘로 가지런하고…
부드럽고…

떠날 때를 알고
떠나는 사람의
뒷모습을 본 적이 있었을까

겨울 산은
그렇게 애잔하고
가슴 시린 사람의 얼굴이다

맑게 녹아 흐르는
개울물에 얼굴을 씻고
볼이 시린
맨얼굴의 겨울 산.

제5부

비엔나 1

비엔나 스테파노 성당
은은한 저녁 종소리
파란 지붕 종탑에서 들려오는 파란 종소리
종소리 따라 내 마음 또한 멀리 띄워 보내는
밤 편지 같은 시간
종소리 끝나도록 종탑을 향해 서 있다
오고 가는 발길
스치는 사람들

부족했던 기도를 깨우는 종소리
반성의 시간이기도 하여
우러러본 저녁 하늘 아래 경건하다
내쫓겨 온 것도 아닌데
외로움은 뭔지
아득히 멀고 먼 비엔나에서
낯선 사람들 속으로 발걸음을 뗀다
나는 미리 여기 올 줄 알았을까?
저녁 종소리 울리면 종탑 앞에서 만나자
오늘 그 약속을 지키게 될 줄 알았을까?
어깨를 툭 치고 나타나
오래전 약속이 이루어지는 시간

하늘로 사라지는 저녁 종소리
나도 사라져 가고…
어디론가 가고 오는 사람들 속에
익숙한 기다림 비엔나를 맴돈다.

비엔나 2

미리 보는 밤 풍경
내일 다시 보게 될
낮 풍경을 기대하며
성 스테파노 성당 앞에서 시간이 주어졌다
겉도는 시간을 붙잡고 서서
종이 울리고 파란 종소리에 묶인 나

파란 종탑과 불빛을 흔드는
비엔나의 저녁 종소리
반짝이는 종소리는 물감을 뿌리는 듯
마음도 그리움도 파랗게 물들고 있다

종소리 들으며 미사에 가고
새벽 미사에 가고
저녁 미사에 가고
바쁘게 살았던 날들
바쁘다며 미루다가 놓쳐버린 일
서운하게 보낸 인연들…

종소리에 젖어
제자리를 맴돌았을 뿐인데

아이는 길 잃었을 나를 찾느라
비엔나 성당을 한 바퀴 더 돌고
일행들이 아이와 함께 나를 찾느라
뛰어다닌 듯 숨차게 차에 올랐다

어디 있었느냐며
그새 반가운
어느새 정든 사람들의 정든 얼굴
마음속 파란 풍경 속에 담아둔다
고마운 인연이다.

젊은 친구
- 유달산

만날 약속이 있는 것도 아닌데
목포행 기차를 타고 간다
누군가 있는 것처럼 설레기도 하면서
자신을 선생님이라 부르는 청년이
일자리 구해 목포로 가며 꼭 놀러 오라
인사를 남기고 갔기에 꼭 그 때문은 아니지만
말과 글을 배워 아직 말이 서툰 청년은
낯선 땅에서 잘 지낼까 걱정되는 마음에
그냥 그곳을 눈으로 보고 싶었을 뿐
작별의 이정표 마음에 찍으려고 가는 걸음 아닐까
서운한 마음에 고개 끄덕이며 "그래 한 번 가야지"
기대하게 했는지도 몰라서 멀리서 바라보며
약속을 지켰노라 잘 지내길 바랄 뿐

유달산에서 굽어보는 도시 저기쯤
잘살고 있을 것이라며…
어눌한 한국어로 열심히 돈을 벌어
부모님에게 보내어 동생들을 돌볼 것이다
나보다 너를 위한 희생이기에 귀하다
낯설어하는 이국 청년에게
하고 싶은 격려 말 있었으리라

유달산 아래 오순도순 모여 사는 사람들
정다운 골목 담장에는 노랗게 인동초 꽃
뜰에는 봉숭아 채송화 소소한 기쁨이 깃든 도시
낯선 도시를 하염없이 종일 걸었다
도시의 자랑인 노벨평화상 기념전시관도 가고
목포의 눈물 노래비에도 가고
삼학도 한 바퀴 돌아와도 넉넉한 하루
고개 끄덕인 약속 지켜 멀리 왔지만
그냥 지나감 오히려 가벼움
잘 지내길 바라는 마음만 남기고
돌아가는 젊은 친구 약속 지우기
잊어 주려고 찾아온 추억의 목포행.

만곡彎曲재

이 고개를 어른들은 만꼭재라 불렀는데
애바위가 선 산봉우리와
달뜬 바위가 선 산봉우리 사이가 활처럼 굽어서
만곡彎曲재라 부르지 않았을까

잘록한 고개를 넘어 다니며 길이 되었던 길
가마 타고 시집가던 날
눈물지으며 넘었던 고갯길
만곡재가 있어서 망치望峙일까
망치리라는 말속에는 만곡재가 들어있다

가으내 딴 목화 이고 어머니가
솜 타러 가시던 길
정든 소 앞세우고
만곡재 넘어 소장에 가시던 길
새로 산 소 몰고 넘어오시던 길

날 무딘 연장 지고 대장간에 가고
장 보러 가고 기름 짜러 가고
장에 가시던 어느 날
가신 뒤에 눈이 많이 와서 차가 끊기고

산양에서, 산촌에서, 거제 읍내에서부터
걸어서 넘어오시던 길

등불 없이도 발에 익은 돌부리 밟으며
늑대 울음소리도 무섭지 않았던
처마 끝에 내건 등불이 별빛처럼 빛나는
작은 마을이 내려다보이는 고갯길
다니는 발길 끊기고
이제는 숲이 우거져 앞을 가리는
만곡彎曲재.

월정사 구층 석탑 아래 서서

춘분 무렵
산사의 목련이 향기로운 계절
월정사 구층 석탑 아래 서서
옛 시인 그리운 마음을 품었어라
아주 오래전 약속이 있었던 것처럼
지키지 못한 약속에 대해
탓하지 않는 벗이 있었고 마치,
너무 늦은 그날이 오늘인 듯이
월정사 구층 석탑 아래
시인의 하늘을 우러러 서노라니

흰 옷깃 매무새의 구층 탑 위로
파르라니 돌아가는 신라 천 년의 꽃구름이여[*]

옛 시인의 발자취인 양
고운 바람결에 흩어져 스치는 꽃잎이여.

[*] 조지훈 시 고사(古寺)2

계룡산

멀리 계룡산이 보인다. 딸이 같이 걸었다. 이 못난 어미의 꿈이 움트고 자라던 곳. 못다 핀 꽃 못다 이룬 꿈이 있을지라도 이어 피는 풀꽃 자리마다 저 산은 얼마나 미더운가. 어느 시인은 어린 시절 책을 사려고 저 산을 넘어 이곳 책방을 찾아왔다고 추억한다. 그 산길 몇 리 길, 진달래 철쭉이 피고 지는 산 영변의 약산을 노래하는 소녀들에게 가파르고 숨차던 가느다란 소풍 길 사진첩 속 그 계룡산 바라보며 한 아름 가슴 벅차다.

세발자전거

빗방울이 가늘게 뿌리기 시작하고
모자를 쓴 내 어린 외손자와
내 어린 외손자의 친구가
자전거를 타고 달린다
꽃밭 사이로 호수에서 불어오는
시원한 바람이 마중을 나와
바람을 가르며 빗방울을 뚫고 저만치
달려간 자전거를 쫓아서 걷는다

호수 위로 흰 물새 날고
온갖 시름을 잊은 듯 마음 가볍다
얼마나 떠돌아 나 여기 온 것인지
흐린 날의 호수에 펼쳐놓은
그림자 같이
바람과 함께 비에 젖으며 걷는 서호공원
어린 외손자 옆에서
비로소 있어야 할 자리
살아갈 이유를 찾아
세발자전거에 마음을 싣는다.

광교산의 봄

청개구리 우는 광교산의 봄
내일 손자랑 함께 오리라 마음먹었더니
약수터 못 미쳐 돌아오는 사이에
도랑을 비로 쓸고 지나갔다
도랑에 빠진 나뭇가지에 걸린 낙엽이
말끔히 사라졌다
산 지킴이 어르신 부지런한 손길이 닿아
까맣게 여물어 가던 청개구리알도 쓸려 가고
나뭇가지에 걸린 낙엽도
저절로 생긴 웅덩이도 쓸려 가고
긴 대롱 속에 떠 있던 도롱뇽알도 쓸려 갔다
이건 청개구리알 이건 도롱뇽알
이야깃거리가 사라진 허전한 오후
광교산 지킴이
어린 산지기 청개구리 울음소리
아직 봄이라서 다행이다.

서호에서 1

서호에 가을비 내리는 날
사람의 발길 뜨음해서 좋다
맨얼굴 늙은이 아는 사람 행여 만날까
오랜만에 변한 모습에 놀랄까
그런 걱정 없이 혼자서 가는 길
우람하게 자라나
두터운 그늘을 주었던 나무에도
가을비 내리고
여름을 지나온 사연을 적었는지
넓은 나뭇잎을 하나둘 떨구고 있다

여기산 기슭에 둥지를 틀던 여름 철새는
서로 얼굴은 아는지 모르는지
돌아올 겨울새에게
정든 터전을 비워 주려 함인가?
떠날 채비에 쓸쓸한 날갯짓
어디로 갈 것인가 하늘 한번 우러르고

둑방길로 들면
이마를 마주하고 서 있는 큰 소나무
어려운 일 걱정해 주는 어른의 모습처럼

제자리에 있어서 미덥고 든든하다
굽은 허리 흰 마디마디 풍랑의 세월
아픔을 간직한 채
조롱과 수탈의 시대를 넘어
한 폭 그림같이 풍경이 된 소나무
말 없는 나무는
가지를 흔들며 다가서서 향기롭고
푸르른 바람 가느다란 속삭임
호수에 가득하다.

서호에서 2

축만교祝萬橋 아래 물소리는
어디로 흘러가는지
도시로 변하고 남은 들판에도 가을빛 돌고
재재대는 참새떼 소리

우거진 덩굴 숲에는 갖가지 풀꽃 피어나고
쥐방울덩굴에 꼬리명주나비가 산다는 표지판
어딘가에 알을 슬고 간 나비
봄이 오면 볼 수 있으리

만백성이 굶주림 없이 살고
나라를 부강하게 하리라
호수를 만들었고
이 호수의 물로써 들판은 기름지고
해마다 곡식 만석을 거두어들이리라
축원을 담아 축만제祝萬提:祝萬堤라 하신
정조대왕의 발자취가 살아있는 길

한편엔 국권을 잃고
나라를 잃어 들판도 잃고
굶주린 백성들의 피땀 어린 곡식을

남의 나라에 실어다 바치던
조선 마지막 황제의 고통
고뇌가 서린 발걸음이 묻힌 길
  '빼앗긴 들에도 봄은 오는가!'
탄식한 시인을 생각하는 길이다

수원 벌 동서남북에 호수를 만들고
서호에 붙인 이름 축만제
고단한 시간을 껴입은 푯돌
작은 병정처럼 서서
호수를 지키고 있다.

융·건릉 1

아버지를 살려달라고
할아버지께 애원하던 어린 이산
드라마 같은 역사를 재현하는 드라마
"나는 사도세자의 아들입니다"
마침내 왕이 되어 아버지의 명예 회복을 위해
"그렇습니다 나는 사도세자 아들
죄인의 아들이 맞습니다"
'그러니 이제 사도세자는 제 아버지
이 나라 왕의 아버지입니다'
왕이기 전에 죄 없이 죽은 아버지
사도세자의 아들임을 확인시켰다
모르는 사람이 아무도 없을 진데
세상 사람들 앞에 부끄럽지 않은 아버지
왕인 아들에게 떳떳한 아버지라는 뜻이다

자식에게 부끄럽지 않은 부모
그 이상 더 바랄 사람에게 있을까?
정조대왕의 효성을 기리는 융·건릉
부모님께 존경하는 마음 드리지 못하여
나의 불효를 뉘우치는 융·건릉 길.

융 · 건릉 2

사도세자의 아들 이산 성군聖君 되시기를 기원하며
터를 닦은 백성들의 충성이 느껴지는 융 · 건릉
아들 이산은 왕이 되어서 1776 즉위 원년
양주에 있었던 아버지의 묘 수은묘垂恩墓를
영우원永祐園이라 불렀고 1789 즉위 13년
수원 화산華山에 묘를 옮겨 현륭원顯隆園이라 하여
모란과 연꽃을 새긴 병풍석을 둘러 장식하였다
미소가 고운 문인석과 무인석을 세우고
석마를 세워 석마의 다리에 풀꽃을 새겼다
왕릉을 간소화하라는 세종대왕의 명이 이어져 왔지만
사도세자는 왕의 아버지이지만 왕이 아니니
단장을 할 수 있다 하여 아버지께 효성을 다하였다

현륭원을 방문할 때에는 백성들과 더 가까이
정무政務에 충실하였으며 수원부에 행궁을 짓고
화성을 쌓아 후세에 문화유산을 남겼다
오늘날 유네스코 세계문화유산으로 지정되었으니
그 세밀한 기록도 세계만방에 자랑이 되었으며
훌륭한 인재를 발굴하여 그 업적은 대대손손
본보기가 되었고 효성과 백성을 아끼고 섬긴
정조 임금 마음까지 세계 문화유산 속에 있다

1815년 혜경궁 홍씨가 죽어 사도세자와 합장
현륭원으로 있다가 광무 3년1899 고종1852~1907은
사도세자를 추존하여 장조, 혜경궁 홍씨를 헌경왕후
칭호를 주어 현륭원을 융릉隆陵으로 부르게 하였다
  '광무' 는 고종 34년 조선 개국1392 506년 되는 1897년
8월 17일에 시작된 대한제국의 연호이며 조선말 국권이
흔들리는 상황 속에서도 역사는 이곳에 효성을 다하였다

아들에 의해 살고 아들에게 존경받는 아버지
아버지를 존경하여
존경받는 아버지의 아들로서 만민에게
존경받아 부끄럽지 않은 임금이 되었다
힘들수록 바르게 살아야 한다는 가르침
융·건릉 길.

곤신지坤申池

겨울 융건릉 소나무길 들어서니 금잔디
가신님의 무덤 훤하다
금천교 건너 왼쪽으로 우뚝 오리나무 한그루
그 안에 화산華山에서 흐르는 샘을 모아 곤신지
작살나무 울타리 안에 동그란 연못
뒤주에서 목말랐던 아버지 사도세자
더 이상 목마르지 않으리라는 듯

얼음 두꺼운 겨울 연못
"고기가 있어?" 서로 물으며 한참을 들여다보고
물고기가 있다며 안심하고 지나가는 젊은이들
얼음 아래 물고기가 사는 곤신지
아늑하게 고운 가지를 드리운 떨기나무
꽃이 피면 꽃술이 작살 같아서 작살나무
이름도 모르면서 작은 구슬 같은 그 보랏빛 열매
한 움큼씩 따서는 입안 가득히 단물 삼키곤 했지
'어머니, 하얀 열매도 먹을 수 있는지요?'
친구랑 뛰어놀던
어린 이산의 목소리가 들리는 듯
봄이면 새움 나고 여름에 꽃 피고 가을이면
하얀 열매 익어가는 흰 작살나무 울타리

문밖에 우뚝 서서 제자리를 지키는 오리나무
다시 오라는 인사도 없이
그냥 거기 서 있기만 해도 든든한 문지기
물고기가 사는 겨울 곤신지.

융·건릉 3

건릉은 처음 수원 강무당講武堂 터에 있다가
1821년 순조 21년 정조의 비 효의왕후와 합장
사도세자가 묻힌 화산華山 융릉과 가까운 곳
지금 건릉의 자리로 오게 되었다 그리고
융릉과 건릉을 함께 융·건릉이라 부르고 있다

융릉에서 건릉으로 오가는 융·건릉 길은
가깝게 또는 멀게 걸을 수 있는 두 길이 있다
생각이 많거나 세상일 어지러울 때에는 멀게 산길로
동행하는 이가 있을 땐 가깝게 낮은 길로
걸으면 걸을수록 사무치는 나의 불효
깨우치는 시간

효의왕후는 정조대왕이 승하한 후에도
21년 더 살았고 1821년 세상을 떠났다
시어머니와 시할머니인 대왕대비가 있었으니
어린 아들이 왕위를 이어받았지만
수렴청정을 맡은 대왕대비를 섬기는 일은
물론 시어머니 혜경궁 홍씨를 섬기며
한중록 쓰는 일을 도왔다고 하니
아픈 역사를 되새기며 살았다

아들 순조의 비 순원왕후의 외척 세력은,
정조대왕을 섬겨 업적에 공헌을 한
많은 인물들을 내쳤다
천주학을 읽는다는 핑계로
아무 잘못도 없이 죽거나 유배로 피바람이 불었고
죄 없는 어진 백성이 고통 속에 살았다

나와 다르다는 이유로 고문하고 죽이는 일
예전 일 그저 지나간 일이었으면
얼마나 좋을까

참을 만하면 참아야 한다고
다 지나갈 것이니 위로하며
지나온 고단함 다 내려놓은 왕후
회포懷抱로 지새우는 이야기꽃인가
무덤가에 피어나는 파릇한 봄빛.

융·건릉 4

왕후였으나 며느리로 공손히 살고
아픈 백성들과 아프게 살고 69세에 돌아가신 효의왕후
정조대왕의 정신을 이어 생전의 모후께 효를 다하였으나
죽어가는 백성들을 지킬 수 없어서 얼마나 안타까웠을까

임금께서 좀 더 살았더라면 일찍이
귀천貴賤이 없고 만민이 평등한 세상 오지 않았을까?
신앙의 자유가 있고 누구나 글을 배울 권리를 가지며
서로 사랑하고 생명을 존중하는 세상 오지 않았을까?

1800년 정조 임금 승하 후 시작된 1801년 신유박해
그 처절한 참수 거열형 유배 멸문지환
아프고 힘든 백성과 함께 살았던 효의왕후
날마다 그런 생각 안 했을까?

화성華城을 쌓으며 열심히 일한 사람들에게
이름을 불러 주었고 매일 받은 품삯으로
가족을 보살펴라 하신 정조 임금의 따뜻함이 봄이다
침묵하며 용서하며 살아온 왕후의 길 봄이 춥다.

광교산 형제봉 1

오 학년 겨울방학을 맞아 외손자는
담임선생님과 친구들과
눈이 푹푹 쌓이고 미끄러운 겨울 광교산에 가서
형제봉에 발자국을 찍고 왔다

2월 말이면 다음 소임所任지로 떠나는
오 학년 담임선생님이 아이들을 불렀다
작별의 서운한 마음에 아이들과
작은 추억을 만들고 싶었던 것일까
겨울방학이라 웅크린 아이들에게 기지개를 시키고
방학 동안에도 하루가 다르게 자라는 아이들에게
몸이 자라듯이 마음도 자란다는 것을
체험으로 느끼게 하자는 것일까
형제봉에 가던 날의 기억으로 나중에
힘과 용기를 주는 일이 될 것이라 생각해
불러낸 것일까
아이들의 능력과 생각이 자라고 있다는 것을
선생님이 더 잘 알고 더 믿고 있다는 것을
보여주던 날 엉겁결에
어미도 김밥 도시락을 말아 들고 따라가
아들과의 젊은 추억을 쌓고 왔다

해발 448미터 광교산 형제봉의 겨울
담임선생님과 또래 친구들과의 추억
겨울 산 맑은 바람 한 아름 선물이 되었다
새해에 새로운 시작의 발자국이며
스승과 어린 제자들의 작별인사였다
스승의 말 없는 격려와 다짐을
광교산 형제봉에 찍어두고 작별은 또 다른
새로운 만남을 준비하고 있었다.

광교산 형제봉 2

산이 정다운 형제 같아서
산이 산끼리 형제같이 다정해서
광교산에도 형제봉이 있다
시작이 반이라 마침내 광교산 형제봉을
외손자와 어미와 가게 되었다
어려서는 몇 번인가 못다 가고 돌아오던 길인데
그새 외손자는 친구들과 선생님과
형제봉을 갔던 일을 추억하며
그때보다 길이 좋아졌다며 앞장섰다
마대麻袋로 흙을 덮어서 폭신한 길
돌부리가 많던 비탈길은 나무계단을 짜 올려서
누구나 편하게 하나씩 올라가면 된다
땀을 닦으며 목마름을 참고
성큼성큼 저만치 앞서는 아이를 이제는
쫓아가기도 바쁘다
시간이 어찌 지나가기만 할까
소년이 자라서 청년이 되고
모두 그 안에 있는 것을…
결코 만만한 길이 아닌 길을
물병 하나로 가볍게 갈 생각이어서
준비도 없이 나선 걸음에 대한 반성과

힘들지만 이대로 추억이 되리라는 위로와
물을 아껴 입을 적시며 걸었다

정상에는 형제같이 우정을 나누는 사람들
산 아래 먼 풍경을 바라보며 앉아서
땀을 식히고 있다
땀에 젖은 아이들의 등 너머로
펼쳐지는 풍경
감회에 젖는다.

광교산 형제봉 3

아이들과 함께 가리라 아껴둔 길을
이제야 가는 것이다
아이들의 어린 걸음이 안쓰러워
못다 가고 돌아오던 형제봉
뒤따라 가면서도 아직 걸을 수 있으니 다행
이라고 눈물겨운 위로를 하는 것이다
다시 올 날이 몇 번이나 될까
가까운 곳에 두고도 동경만 하던 봉우리
계단을 세며 가다가 잊고 또 세다가 숨차서 잊고
삼백팔십 개라고 하니 삼백팔십 개
다 밟고는 가도 다 세지는 못했다
계단을 벗어나 다시 흙과 돌부리가 엉성한
옛길이 그대로 나타날 때쯤
아이스크림 장수를 만나게 되었다
빙빙고 수박바 레몬바에도
가시지 않는 갈증을 참으며 걸음을 옮긴다

정상이 가까워지자 막아서는 바위벽
줄을 잡고 바위 타기 경험을 하고 나서
마침내 형제봉兄弟峯을 만났다

형제봉 표석 앞에 차례차례 기념사진을 찍었다
젊은이도 어린이도 줄을 서서
서로 기념사진을 찍어 주려고 손을 내밀어
고마운 사진을 찍고 사진을 찍어 주었다
올라오는 길이 힘들었기 때문이며
형제봉을 마음에 품고 같은 길을 왔기 때문이다
산이 있어 고맙고 사람의 선善함이 더욱 고맙다
선한 마음이 산다고 산일까
다시 가고 싶은 그리운 마음이 생겨서 산일까

아름다운 추억과 고마움이 모여 힘이 되었고
다시 오마 하였지만 아직 가지 못한 약속
약속이 살아있어서 미더운
산이다.

가을 채석장

안양역에 내려 지하도 지나 역전 우체국
창박골행 버스를 타고 병목안 삼거리에 내려
작은 다리로 내를 건너 가을로 가득한 공원
시민공원이라 부르는 병목안 채석장 가는 길
커피를 하나씩 들고 걸어가는 사람들 발걸음도 가을
감동하는 목소리에 낙엽은 지고 나도 오늘은 벗을 만나
들꽃 피어난 화단을 끼고 돌아서 듬성듬성 못다 진 장미
마지막 한 가닥 향기를 뿜는 가시울타리 옆 볕을 쬐며
천천히 잔디마당에 닿았다
스승의 묘소에 다녀오느라 130개의 계단을 세며
바삐 도착한 숨찬 목소리도 가을볕처럼 따뜻하다

앞바람처럼 맞서던 돌산은 누구의 손길로 저리
곱게 아물었는지…
잔디마당에 자리 펴고 둘러앉아 보온병 뜨거운 물 따라
가을보다 진한 커피를 저어 마시고
의식을 치르는 사람들처럼
마스크를 쓴 사람들은 고개를 숙이고 야상곡을 듣고
여운과 함께 노벨문학상 소설 녹턴을 이야기하고
일본에서 나고 영국에 살았다는 지은이
가즈오 이시구로에 대한

이야기를 들었다 그의 책 《남아있는 나날》은
제목만으로도
얼마나 사색하게 하는가

노벨의 다이너마이트가 바위를 쪼개고 산은
아마도 반쪽이 나고
돌을 깨고 그 돌 무진장 퍼내고 남은 빈터에 내려온 가을
볕 쪼이며 노벨문학상을 듣고 녹턴 그 부드러움에 젖었다가
일흔일곱의 시인 루이즈 글릭의 2020 올가을 노벨상 이야기
보따리 풀고 돌아오는 길
마로니에 나무에 물든 가을 산 비처럼 머리 위에 내리고
금禁줄을 두른 빈 정자에 찾아온 옛 시인의 가을
"세상 끝 달리 없을걸" 나는 또 한 사람
노벨상의 시인 체슬라브 밀로즈의 시를 떠 올린다
오래전 신문에 실린 〈세상 끝날의 노래〉
국어사전에 붙여 둔 시 한 편
한때는 설렘으로 그러다 차차 쓸쓸해지는 시 한 줄
"세상 끝 달리 없을걸"
깊이를 알 수 없는 시를 음미해 본다
시민공원 가을 채석장을 걸으며.

다섯 번째 시집을 내면서 점점
변명이 늘고 있다.
허둥지둥 살아온 날의 변명

이 책을 읽고
그 잃어버린 낱말 하나
그리고
아련히 잊혀져 간 기억 하나
떠올리며
이 겨울 따뜻하기를 바라는
마음이다.

융건릉 답사에 함께 할 수 있었던 『사도』 저자 홍미숙 작
가의 초대에 고맙고, 도서출판 우인북스 백영미, 전효복 사
진작가의 수고에 감사하다.

2022. 겨을   최영희 씀